酊念祈念　Ⅳ

有原一三五詩集

竹林館

有原一三五詩集　酊念祈念　Ⅳ

目次

酪草苑だより　薬草閑話

余白に

パズルの
埋まらない
枡目を　見つめていると
だれかの声が　聴こえてくる
ここが居場所だと

そうだ
空いている枡目に
わたしが生まれた日のことを
日記に　書いてみよう
そこが　居場所かも

オ ケ ラ

I

遥かに

同じラインに隈取りした
あの目で見た世間は
あのラインの目を見せた世間
塗り固めた目線の根無蔓《ねなしかずら》
パラサイトの響きに揺れて

露わにまぶた嵌《は》め拡げ
メイク前とは　まるでちがうと
意匠貼付《コピード・スタイル》　きらきらしく掲げ
宙に浮く目線　付くのはどこに
上ずった　視野の昏さ

樹脂の隈取りの目から
プラスチックの視線が流れ

絡み付く位置に　吸い止まる
花弁干乾いて　浮きたつ空目
大地《オリジン》との　冷たい距離感

老いてなお
嵌《は》めたスタイルを構え
齟《ず》れたまま　届かぬ目先
ちびた視線を押し
姿《し》折《お》れ屈める　背

旅先のルーヴル　群れるひとから離れ
ミロのヴィーナスの　眼差しの
行き着くあたりに立ち
しばらく　視線を合わせた
透けて青　水平線遥かに

とどこおる

キキョウを見なくなった　センブリも
カワラナデシコは　二十年前
江の川河口東岸に　いっぱい咲いていたのに
いまは　アレチハナガサに生え替わり
街のなかも　ランタナ花ざかり

いなかから　このまちからも
わかいひとが居なくなり
老人れ顔　群れあふれ
出口に渋滞　わたしも

飢饉とそのあとの疫病《はやりやまい》　大きな戦争
ひとが減るのは　こうしたたたかいに
敗れたときと　決まっていた
いま胃袋は満たされている　のに飢え
へたる身体《からだ》は　サービスに送られて
ドアの手前に　ステイ

五十年も前になる
詩人の江口榛一さんが　「地の塩の箱」誌に
戦後この邦《くに》から　ひとらしい顔貌《かお》が減り
この頃「獣相」ばかり目につくと

目にする花を映して　人相《かお》が変わるのも
現実《あたりまえ》の道理《こと》
道に沿う花を　ひたと見遣るわたしも
どんな吝い相《かお》で　ことばの滞りを
佇んでいるのだろう

目の奥に　薫る
ササユリの　静かな明るさに
現実《うつつ》と切れて　へだたる花芽《ふくらみ》を
いと妖《あや》かして

何方道《どっちみち》

長く歩くと　足がむくんでくる
長く歩くと　いろんな人に巡り会う
こころがむくんでいるひとに
会うことがある
きんきらのひと
上から目線のひと
空も翔べないひと
ゆびで押した跡が
そのままくぼんで　翳《かげ》っている

長く歩くと　足が引きつることがある
こころが引きつったひとに
出会うことがある
笑みが引きつっている
ことばも　折れ尖り
引きつっている

引きつった　そんな足には
スイセンの球根を
すりつぶして塗るといいと
聞いたことがある

むくんだこころに
引きつったこころに
なにを塗ればいいのかな
空を　歩いて
いろんな花を見ながら
想いを　勃《た》たせようとするのだが

長く歩いたし　今年も
ホタルカズラに出遭えたし
青い空に　ザイフリボクも咲いていた
そろそろ　休もうか

トゥワイライト　バウンシング

沼河比売《ぬなかわひめ》に恋焦がれ
出雲より古志の郷に
辿り着いた八千矛
笑み栄え来た逢瀬の明け
海を隔てて横たわる島に
潮の結晶に透く道筋
波に沿う陽の路を
水神の佐《たす》けで渡り
ごるでぃおすの結び目を断つ
赤熱の鉄の志を　伝えたと云う
その島べに

母の布留散東《ふるさと》を
うち見る和尚の

目に映る夕暮れ
医薬の神、八千矛を祀る社に
今日の乞いの鉄鉢
恵み得た糧米を前に座し
手折るも手折らぬもおしみつつ
安らかに時を待とうと
背を糺し瞑目する

手毬にうつ
無名異の赤
吾焦《あこ》がれの　鉄火の夕陽よ
撥ね　跳ね　弾け
融け放たれて
傘天に舞い昇れ
またはじまれ　と

＊第34回国民文化祭・にいがた2019　詩フェスティバル参加

ト リ カ ブ ト

Ⅱ

イッ　クドゥ　ハプン　トゥ　ユウ

現代《いま》の
最高水準の
御用達科学が
安全を
保証する
汚染水を
海に薄める　邦《くに》

想定外
不可抗力　という
護符《おまもり》を懐に
忖度課題《テーマ》の効き目で
研究費を
税金から
強請《ねだ》り納め

十万年後
半減期のころ
自分はもちろん
実用本位《おべんちゃら》の論文も
千代に八千代にの
この邦《くに》も
人類そのものすら

はてな　なので　地に深く
棺《カプセル》　埋め入れるのは
手の届かぬ
あの世に弔うのと同じ
ていねいな説明と
榊《さかき》のお祓いで
化けて出ることもなかろう
核廃棄物も　と

ア　リトゥル　ブルゥバアド　イン　ヴェイン

三百年を超える　老樹の風格を
あまた　梢に宿るいのちとともに
こともなく　伐り倒す　邦《くに》

コンクリの　ビルや道で
街を練り上げ
これが現代《いま》の　ひとの居場所と

どんな形にもなる
器用なコンクリの練り細工
アランの云う　抵抗のない素材

百年の風格を　産み出す間もなく
風と雨にひび割れ
細《さざ》れに崩れるものを

この邦島《くにしま》で　すこし前に

三百万人を超えた　邦人《くにびと》の
受けた難儀　石に刻み
三千万人に及ぶ　外邦《とつくに》に
かけた迷惑　水に流し

「もう二度と繰り返しませんから」
騙されないぞと　手にした誓いも
慣らい性　叩《はた》いて散らせ

現代《いま》風の手直しと　九条も
粘土細工に　練り直し
百年の風格にじむ前に
宿る　いのちを拭い消す

伐り倒され　憶えも枯れる
老樹の梢に棲む　小さな
青い羽ばたきは　どこへ

ＦＢ《フェイスブック》コメント

三万年前噴火の　大山の火山灰
二百キロ先の福井で　三十センチを超えた痕跡が
大飯・高浜原発稼働で問題に　というニュース
その大山と　活火山の三瓶山の間に
ま近に挟まれた青い焔　松江・島根原発
三瓶山には四千年前噴火の　小豆原埋没林
十メートル越える大木群が火山灰に埋もれた遺跡
ＦＢコメントに　そう投稿したら

水戸喜世子さんから
人命を尊ぶ政府が出現したら
この先　百～三百年は悲しいけれど
東北の登山は　子どもに禁止するはず
セシウムの半減期は三十年
九十年経っても一割強は残存して
被曝を強いるから

せめて　西の山々だけは
汚染せずに残してやりたい
幼い頃から子どもたちを連れて
登山を楽しませてもらった
幸せな記憶を持つ　親としては
大好きな大山、三瓶山を
汚染させてなるものかの思い　とのリコメント

島根では　原発は安全と御用学者が保証
再稼働の手続きが進められている
島根県のひとはだれも　何も言いませんが
と再返信したところ
バカの壁はどこにもあるようで・・・
島根のひとからのコメント

募る繰り言　老生《オイボレ》の終活《マジナイ》なのかと

蹉《サッ》躓《チ》吾独語《アロンリーワード》

天倫に悖《もと》る穢れ
原発の青い焔

伊勢路では
煌めく黄金の
裏闇の
衒《てら》いに抗い
禊ぎ
祓い清めて
糺された

出雲の地は
大山、三瓶を二柱とし
國引いて悪し浜に迎え

黄金打ち出る小槌菰巻いて
神島の社舎《やしろ》に安座

万九千の直会に
意恵《おえ》送ることなく
拉《ひし》ぐ黄金の色
染み入った
おねしょの跡残る
真菰の莫蓙を
先の世の子孫に
祀り贈る

漏れる迷惑
海に放ち
天逆手《あまさかでう》拍ち
籠る神格
破倫に逸れた　今

切り立つ崖端に
手繰れ
磐根を

要愛《ニーサムラヴィング》護《ケア》

命令だからと
武器を持たないひとたちの命を
たくさん奪った日本軍
その兵隊さんたちと同じ立ち位置の
原発で働くひとたち　そして
労働者の権利を護る労働団体
くらしを踏みしだく　ちからの和

刀と銃から家族を護るため抗って
武器を手に向かって来た相手には
つぎつぎ負け続け　邦土でもおおぜいが
撃ち焼かれた惨禍で　敗戦
三百万を超えた犠牲に　一億総懺悔
みんなでやったことだから

あやまちは繰り返しませんから
もう二度と繰り返しませんから　と

多分
環境被曝が隠し通せず
内部被曝も深化し拡がり
知らされぬうちに
核に踏みしだかれたこと
露わになって
もう取り返しが
つかなくなった頃

お金よりいのちが大事
お金よりふるさとが大事
気づいてやっと
それでも　選挙で決めたことだから
みんなでやったことだから　と

またしても　一億総懺悔
あやまちは繰り返しませんから
もう二度と繰り返しませんから・・・

穢れた国土に
穢れたこころに
要《ニーサム》　愛《ラヴィング》　護《ケア》

忘れた歌なら

小学校で先生から教わった
「げんばくゆるすまじ」と
「おーそれみお」知らないことばで
けべらこおざ　ないうるなあたえそおれ
今でも唄える
意味の分からないままに

なみだを流しながら
戦争のこと、憲法のこと
安保条約のこと
あのときは分からなかった話を
先生はしてくれていた
あとになって思い出した

もう少し大きくなって
街頭でウィシャルオヴァアカアム
皆で歩きながら唄ったりもした
殴られたり蹴られたり
最後までたたかうぞと
出来もしないことを叫んだり
（うしろから男の声
おまえは一生、韓国とアメリカには行かれんからな
ふりかえると居なかった）

五十年以上も前に
教わった三つ目の歌は
ほんとは何だったかな
思い出しましょ
知らない明日に入るとき
みんなみごとにうたいましょ

ウ ツ ギ

Ⅲ

喘ぎ

弾かれた　時を削いで
乾いた飛沫《しぶき》
肺胞に
粘り付き
絡む呼吸《いき》　撥ね

老い坂を　登る
空気の薄い　道
青ざめた息に
ジャノヒゲ
脇へと　手招く

その根塊を
噛みしだいて

胸の萎《しお》れ　楽になれ　ば
老いの息遣い
閑《しず》まれば　と

ヤブラン　の実も青い
（死んだ人形の碧い目）
ヤブニッケイの葉を揉み
香気《かおり》に　肺腑安らぎ
吃る足　ふら・ら・ら
前のめる

都会塵《まちのちり》ひりついた　呼吸《いき》潜め
波の浜　口覆う潮風　に
森深く　咽喉《のど》突く精気《カンファー》　に
痩せ胸を張って
遠く　細く笑った
（何故死んだ　人形）

河口で

今年も
ホタルカズラに出逢えた
イカリソウも距《キョ》ひららかに
川筋に　明るい紅のコバノミツバツツジ
流れを下り　江の川河口
クルマバアカネ
ハマナデシコの芽立ち
オオタチヤナギの鮮やかな新緑、ほの赤い雄花
溢れて　海に混じり込む

かなり上流の岸で
疑似餌《ルアー》を投げる釣り人
潮の流れが遡上って
スズキが跳ねると

流れに乗せて
香煙の声明《うた》とともに
哭《な》き送ったものに
憶えの疑似餌《ルアー》を
わたしも躍らせよう
いま一度
水脈《みお》深く遡上り
すがたを明かせ　と

近々わたしも
声明《うた》に送られ
海に揉み込まれる
季節になれば
花々が流れ下って
突とひるがえる疑似餌《ルアー》に
つい誘われて逆上《さかのぼ》り
跳ねることがあるだろうか

アンド アイ ウォズ オン ザ ショア

刺青《タトゥー》の男たちに交じり
噴き立つ汗の　境港ポート・サウナ
笑みが締まる
四階の湯殿の窓から
境水道岸壁　街灯に映える銀色の海
外海に向かう船の　甲板に
潜む人形の影を

浴槽内　天候のこと、しごとの話
今日の賑わいはダイヤモンド・プリンセスかと
床からのバブリングに　緩む口の端
今宵の酔いに　思いを馳せ
明日へ膨らむ　こころの傾きも
ほとける掌の中に　うち萎れ

湯に籠り
母の胎内《うち》に安座して

揺れる　バブリングに
沸き浮かぶ憶え
口洩れる声音《うた》も

対岸の半島に連なる曽根伝い
昏れる空
水面に映る紅
ここに湯浴むことそのままが
今を立ち離れること

波打つ航跡を　追尾し
底引いた溜めを
錨にすることにまで
思いが届かない　いまさらに
あの　人形を
手繰り寄せたいと　呟いても

閉《クローズ》眼《ヨーアイズ》

交互通行の信号が赤に変わり
停まった　点滅する待ち時間
向こうからの幼い群れ
つややかな風
ササユリの香り
その新しい風に伝えたい
こちらのこと、いままでのこと

まばたきの擦れ違いのあと
久方の間《はざま》を経た
緑の視線の気配に
思いがけず気付いた
これから向かう
知らないところに

隠れていたのか

背中あわせの
遠ざかる影
せめて聲をかければよかった
青の点灯が示す
つま先の向く方に
はじまりを待つ
からっぽの広がり

うろ憶えに抱えていた
なくなったわけでは
なかったのだと
今のここからでは
振り返れない近間に
死んだはずの人形の
緑の目

スカンポ

Ⅳ

チェイス マイ ブルーズ アウェイ*

自転車で　五位堂から友だちの家へ
狐井、磯壁　国道一六五号線を
穴虫、田尻へ向かう　さて田尻峠
ゆるゆる昇るトラックの荷台に手をかけ
上に着いたらまっしぐらに　下りる急坂
何度も遊びに行った　そんなある日
ひとりの子が　坂を下りるとき立木に当たり
死んでしまった

大和盆地の
溜め池の舟に乗り　かしぎながら進む
水面の菱の実を噛じり　味を確かめる
もし沈んだら　藻に脚をとられるから
バタバタするな　年長の注意が恐ろしい

となりの集落、出屋敷の子が　大勢で乗り
沈んでしまって　ひとりが死んだ
もう遊べなくなった

線路に　五寸釘置き
和歌山線が通るのを待つ
陣取りに使う尖ったのをこしらえるため
汽車のあと　どこに撥ねたか捜すのが厄介
見定めようと　あたまを上げたまま
くぎが刺さって死んだ子がいた
学校でみんなに注意があった
してはいけないと
それでも・・・

六十年たって　今
それでもと・・・

＊昭和三十年代、奈良県北葛城郡香芝町（現・香芝市）五位堂に住んでいた頃のこと

石打《ノック》ち

海岸を歩いて
棒が落ちていた　手頃なので
小さな石を　振り打ってみた
空　空　空　当たらんなあ
海に向かい
ずっと遠くに飛ばしたい
繰り返し
棒を振るけど
一度も当たらん

野球選手だった父が
運動の苦手な息子に
目　離しちゃいけん
バットとボールが

当たあとこまで
目　離したらいけん

六十年も前の
父の　ことばを石に見つめ
目を凝らし　何日か
棒　振るうちに
少し当たるようになって
前に　飛んで
何度か　海に
沈むように
なったけど

目に　ま近な
大きな夕陽には
はるか　とどかんなあ

イフ　ユウ　ジャスト　スマイル

ためらいながら
振り返って　確かめて
安堵の笑み顔で
また歩みかける
つまずきそうな足取り
手を挙げ
からだ　ゆらゆらと
離れていく　幼ないすがた

日野川の河口に生まれ
大和川の近くで育ち
水練学校にも通った
長良川の大学に学び
淀川沿いに　勤め　出逢い
斐伊川の街で
突と　前を歩み始めた幼ないすがたに
こころとらわれ　切に見守り

そして　江の川河口に移って長く過ごした
別れを　送り
気づいたら
またひとりに

いつまで歩くのだろう
覚束なく　つまずく
吃る足運びに　老いて
夕陽に向かう　今
ふと　微笑む気配に
振り返り
視野の碧いすき間から
見守ってくれていると　分かり
耳によみがえる　笑い声に
手を振り
笑みを返した

ウェイキン　スリーピン　ラーフィン　ウィーピン

「鳳川の水と清く　水と清く　・・・」
大学立法反対デモ
うろ覚えのインターを先導
一番と二番の歌詞の一部を
取り違えて唄っていた
周りからの固い視線

「青丹よし奈良の　春日山まぢかく　・・・」
修学旅行の高千穂峡で
仲間数人でボートに乗り
遅れてバスにたどり着いた
迎えてくれたバスガイド
泣きのなみだの笑い顔

「仰ぐ二上　日の照るところ　・・・　」
中学校の裏手の小池
小さな細長いビニール袋が浮いていた
拾って帰り
なんだろうとクラスで見せた
まだコンドームを知らなかった頃

五位堂小学校にはまだ校歌がなかった
瓦口の友達と　月の青い遅くまで
丘やため池で遊び
帰ると父に集会所に連れていかれ
消防団の集まりの前で一緒に謝った
そのときの父の横顔

義方小学校に入学したばかり
先生が家に来ていた
体育館でなにかがあったのを

懸命に母に説明
母はきょとんと聞いていた
若い可愛い先生だった

米子・良善幼稚園のころの写真
かぐや姫の劇で
求婚を断られる
貴族のひとりの衣装出で立ち
けいこの合間に丹下左膳の漫画を
読んでいたのを覚えている

その頃から
振られ続ける
人生が始まったのかと

ロング　フォー　イエスタデイ

家に　かえりたい
ここはいやだ
かえしてごせ
自分の家に　戻りたい

学んだとこへ　戻りたい
（三つ編みの女子《こ》の背中）
遊んだとこへ　戻りたい
育ったとこへ　戻りたい
生まれたとこへ　戻りたい　けど

生まれる前は　どうなんか
よう分からん・・・
おとう　おかあに　聞いてごせ

おとう　おかあは
どこへ　戻ったんか
だれんぞ　教えてごせ
だれでもええけん
つれてって　ごせ

ここに居れいうけん
まあええかと
我慢　しちょったけど
そげしたとこうめが
どがいもならん

かえしてごさんか　いにたい
ここは　いやだ
自分の家に　いにたい
（玉子焼きの湯気）
だれぞ　かえしてごせやい

吾夢哀《アイドゥリームドアイ》 走《ソウ》

お弁当は玉子焼き、海苔巻き
運動会のご馳走
いつもビリなので
見るのが恥ずかしかったと母
ＰＴＡの演し物　「南国土佐を後にして」
おそろいの明るい白地の浴衣で皆と踊っていた

カマタくんという速い子がいて
手足の動きが滑らか
いつも一番にゴールする姿を
憧れの目で、うらやましく
見ていたのを思い出した

観に行く番になり

陸上部だった子は
わき目も降らずに胸を張り
凝視《みつ》めていた前を駆け抜けて
走り去って行った

柔道部だった子は
部活リレーで
中途ででんぐり返り
受け身を何度も披露
大歓声を浴びていた

鉄砲《スターター》の音が怖かった子は
両手で耳を塞いで
スタートラインに立ち
他の子たちが走り出した後を
追いかけていった

ひとり老い、与太足もつれ
残りの距離も測れないまま
恥ずかしそうに見守る視線を
気恥ずかしく受け留めて
今もビリを走っている

つんのめ詰まり
はじめての
あのときへ・・・

ヨモギ

五十年先

きみたちの　これからの五十年を
ぼくの　過ぎた五十年と
交換はできない　けれど
五十年前は
ライスカレーといっていた
いまは　カレーライス
さて　この五十年先を　きみたちは
味わうことに　もしかしたら
なるのだろうか　同じ味で

きみたちの目指す　これから千年の平和を
今までの千年から　学ぶことができると
ぼくたちも　昔　教わったのだけれど

クスノキ

酩草苑だより

薬草閑話

掻き分けて

夏の蚊帳の布団でガサガサ音がする。迷い込んだオケラ（虫）が出口を探して両前肢を掻き分けているのだ。捕まえて手にそっと握り、隙間を掻き出ようとするこそばゆい感触を楽しんだあと、外の田んぼの近くに放してやる。六十年も前、小学校のころのこと。お金を無くしてしまって無一文になるのを「オケラになる」というのも授業で習った。オケラが万歳しているように見えることに由来すると。

京都八坂神社の大晦日の「オケラ詣り」のオケラが薬草、白朮（オケラ）のことと大学の授業で初めて知り、それまで虫のオケラに託して新年の福を祈る行事と思い込んでいた。薬草園で白朮や蒼朮（ホソバオケラ）を観察したり、野山の観察会でオケラを見ることができたのはもう少しあとのこと。漢方では「湿邪を払う」とされ、利尿剤的な作用、虫やカビを防ぐ作用があると言われている。京の大原女が山で採ったオケラを売り、町の商家が「焚き蒼」として衣服や文書の乾燥や防虫に用いていたと学んだのを覚えている。八坂神社のオケラ詣りでは、まだトイレが整備されていなかったころには辺りがおしっこ臭くて難儀だったとのエピソードもあったという。

　転職で江津に来た平成三年の秋、すこし落ち着いたころに図書館であれこれと地域の書を見ていて「済生卑言」の史話に巡り逢った。子供向けの解説書だった。大田市大森の石見銀山遺跡の話題で、鉱山の坑夫が苦しんだ「けだえ（気絶え）、よろけ（蹌踉）」という業病に、若い医師、宮太柱が取り組んだ策が効を奏したという内容。坑道に、「唐箕《とうみ》」という送風機能のある農機具十台の装置で換気を図り、四種類の薬草を酢水で炊いた蒸気を送りこむというもの。その効果有りと、宮太柱は代官所から褒美金弐十両を授かり、「済生卑言」の文書と図は佐渡を始め各地の鉱山に送付されている、幕末近い安政のころ（一八五五〜）のこと。宮太柱はその後、江戸に移り尊皇運動に加担、水戸天狗党の乱（元治元・一八六四年）で斬殺された武田耕雲斎の妻子を支援したことで幕府から追われ、大木主水（太柱：大と木偏に主）と名を改めた。なお、大森で宮太柱を褒賞した代官屋代増之助は当時、幕府から水戸藩出向で、天狗党鎮圧の立場という巡り合わせがあった。宮太柱は後（明治二・一八六九年）に横井小楠暗殺に連座、配流された三宅島で客死している。

　坑道に蒸気薬として送風された薬草はクスノキ、スイバ、カタバミとオケラで、オケラだけが探すのにすこし手間取ったが、それでも当時の職場から車で五分以内の山合いの林道に見つけることができた。そのうちに何箇所かで眼にしており、季節ごとの散策コースに組み入れている。

秋の遠足代わりに出かけている学会に発表しようと調査を続けているうちに、NHKからの依頼があり、平成十九年には世界遺産になった石見銀山龍源寺間歩の中で、薬草を炊いて蒸気を篭もらせるお手伝いをしたこともある（平成十八年）。世界遺産への登録前だったので試みることもできたが、今では無理と思われる。オケラは文政のころ（一八一八〜）、秋田藩の鉱山で薫じて用いられていたという記録「土坑などへ入候者出る後蒼木を火に焼衣服身体共薫し申候も御座候」とあり、これも参考にされたのではと思う。効果は定かではないが、邪を払うということで、漢方的に「湿を裁く・利水」の働きや、あるいは防虫の意味合いがあったかもしれない。

「山でうまいはオケラにトトキ（ツリガネニンジン）、里でうまいはウリ、ナスビ」とうたわれ、「嫁に食わすも惜しゅうござる」と山菜としても珍重されていたが、いまは多くは見つからないので、里山を歩いているときに見つけても観察するだけにしている。三国時代の名医・華佗《かだ》の作ったお屠蘇にも配合されており、「万葉集」にも「恋しけば袖も振らむを武蔵野のうけらが花の色に出なゆめ（こひしけばそでもふらむをむさしののうけらがはなのいろにづなゆめ）」（読人知らず：巻一四－三三七六　相聞）など歌われて、歴史的に我が国にも馴染み深い植物でもある。筆の穂を半分に切り揃えたような頭花や、花が白く枯れた風情が生け花にも喜ばれ、漢方薬では白く膨らんだ地下茎が用いられる。根元から掘り上げ、大学の夏休みの宿題の薬草標本にして提出したのも、もう五十年近く前の懐かしい思い出になった。昨秋、銀山領内に当たる海辺の小道でたまたま何本ものオケラの花に巡り会い、久方に気持ちが浮き立った。釣り人が通るだけの獣道に近いので、あまり知られていないと、またひとつ秘密の楽しみを手に入れた思いに満たされて歩き進んだ。

「ミミズだ〜って オケラだ〜って〜〜 アメンボだ〜〜って〜〜♪」季節々々の草花を訊ねて浮き浮きと里山を巡り歩く。虫のオケラの七つ芸：「掘る」「走る」「跳ねる」「飛ぶ」「よじ登る」「泳ぐ」「鳴く」のどれも中途半端と言われる「オケラ芸」の生活に加え、無一文に近い暮らしぶりは正にオケラの生態そのものだなと思うものの、身丈に合った余生をとの自覚も薄く、それでも何か面白いことが見つからぬかと、オケラが前肢を掻き分けるように、こそばゆい日々を過ごしている。

カンパ

夏の日、江津から車で松江に向かう道、江の川を渡ってすこし進んだ黒松駅近くの道端に若い痩せたメガネの男が立っていた。大きく「大田へ」と書いたダンボール片を胸に、ヒッチハイクを目論んでいる様子。なぜか、その青年を大田まで乗せる気になった。道中の話、自分は札幌の大学生でバイトをしながら日本一周の途中。今、山陰から日本海沿いに引き返すところ。実は自分はアイヌの出自（うまれ）だと言う。つい薬草、トリカブトの話題になった。地元（旭川の近く）では実家の親たちは害獣対策に今でもトリカブトの根を使っているという話。罠にかかった獣（鹿、クマ?）を殺すのに、トリカブトを用いていると聞いている、自分で使ったことはないけれどと。強い呼吸抑制作用があって、息絶えるのだという解説をした。

青紫の花がきれいで園芸用に植えられることもあるが、毒性が強く、春先の山菜、ニリンソウやヨモギの若芽に間違えられて中毒を起こしたというニュースを毎年耳にする。全草に有毒成分（アコニチン）を含むが、漢方では塊根を修治（毒性をなくすこと）

した生薬、「附子（ブシ）」として繁用されている。筆者も現役時に、若い女性や高齢者の冷えからの痛みに加減して、好い効果が得られた症例を何度か経験した。ある日、若い女性看護師が相談に来たことがあった。痛くて困っている、仕事にならないと。顎関節痛症だという。医者にかかっても治らない、漢方でどうにかならないかと。話を聴いて、冷えが著明なことが分かり、定式の漢方処方を医師に依頼し、附子を加減して煎じて飲ませてみた。二度服用させ、その日のうちに痛みはすぐに楽になったようで、二日ほどで投薬は終えた。併せて冷え対策の生活習慣の助言、衣服、入浴等の話をした。しばらくしてから繰り返し訊ねたら、再発しないとのこと。トリカブトには痛みに対して麻薬より強い効果があると説明し、ひとり悦に入ったこともあった。

江津市内でトリカブトを探したが、見つけることはできなかった。昔、見たことがあるという山仕事をしている人に、市内川平平田地区の山あいを案内してもらったこともあった。昔、田んぼだったところに、毎年咲いていたということだったが、行ったときは深い藪になっていて、田んぼもろとも消えてしまっていた。

十年ほども前になるか、有福温泉での薬膳に参加しておられた年輩の女性からの電話で、トリカブトの花が咲いているからと連絡があり、出かけた。浜田市金城のかなり奥、広島県境に近い山あいの辺り。青紫の派手なトリカブトの花が木陰に咲いていた。元々は近くの棚田の法面《のりめん》にたくさんあったのだと言う。さすがにその法面はトリカブトが自生する環境ではないので、よく見る畦道のヒガンバナと同じように、害獣（イノシシ等）除けに植えられたのだろうと思われた。すこし株を分けてもらい、星高山の友人の敷地にイノシシ除けになるからと説いて移植させてもらい、そのときに上手く付いた株が秋に咲かせる花の観察を毎年の楽しみに訪れている。

少し前まで「島根県飯南町」のホームページ・トップに載っていた古文書「家傳殺虫散」の話題を、昨年の日本薬史学会（平成二十九年十月・埼玉）に報告した。関ケ原の戦いの時期の日付（慶長五年九月・一六〇〇年）で、まだ「虫送り」が防虫の基本だったころの、防虫、防獣のための書付で、日本最古の農薬の記録とされている。松江城を築城した堀尾吉晴の家臣、松田内記が親族に伝えたと記されている。フランスで発明され、世界初の化学農薬として知られているボルドー液（一八八二年）より二百八十年も前のことになる。その「家傳殺虫散」の処方構成について紹介、解説した。処方内容はアサガオの種（牽牛子・けんごし）、トリカブトの根（烏頭・うず）、薫陸（くんろく）、樟脳（しょうのう）、明礬（みょうばん）が挙げられている。このなかで「薫陸《くんろく》」は正倉院にも残されている香料で、南方から輸入された高価なものなので、農薬に用いられていたとは考えにくい。東北・山形県久慈産の琥珀の品質の劣るものが虫除けとして

「くんろく」の名で当時の薬舗で販売されていて広く流通していたと、本草の古文書の記録から推測、紹介した。この中で烏頭・トリカブトは猪や鹿、狼除けとなっていた。害獣除けに用いるときは松明《たいまつ》のように燻したと記載されていた。後に、実際の飢饉（寛永の大飢饉・一六四一年）の際に有効だったという記録も付け加えられていた。松田内記の出自については説が分かれているが、松江市郊外にあった白髪城の城主であったという説があり、その山を観察に行き、城跡に登る坂道に雁皮（ガンピ・紙の材料）が生えているのを見て、製紙への利用のために植栽されたのだろうと見当もつけた。寺社や城跡の周辺に薬草や生活用の植物が今も残っていることが多い。そのときはトリカブトは見つからなかった。

九号線を大田市内に入り、あのコンビニでというところに停まり、青年を降ろした。手持ちがあまりないと言っていたので、朝ごはんにでもと財布を取り出したが、たまたま千円札を切らしていて、手に触れた五千円札をカンパにと手渡して別れた。少しだけ息が止まりそうになった。

オカラはウノハナ（卯の花）

会社勤めで高槻市に一人暮らしをしていたころのこと。四十年あまりも前になる。ある土曜の朝、歯医者の待合に座ってなにかを読んでいたとき。どういうきっかけだったのか、近くに座っていたすこし年配の女性から話しかけられた。文学関係の会があるけれど、来てみないか、いろんな年代の人がいる、あとで楽しい飲み会もあるとのこと。その人柄の印象と飲み会の話に魅かれて、おずおずと参加してみた。十人ほどの集まりで、アドヴァイザーとして金《キム》時鐘《シジョン》氏がおられた。高校で朝鮮語を教えている、詩集も出しておられるとのことで、初めての出会いだったが、その後、何度か酒席を共にした。いつかの会のとき、日本に来て、お金がなくて食べるものに困っていたときに、よく豆腐屋でオカラを求めて食べていた。安い値段でずいぶんたくさんの量が買えたので、とても助かった覚えがある。私たち朝鮮人は白い色に思い入れが深く、出来立てのオカラの白さがとても好きだった。あんなに安価な食べ物なのにウノハナ（卯の花）ときれいな花の名で呼ぶ日本人の感性にも感心した、という話があった。「高槻現代詩の会」というその集まりは、「卯」という同人誌を始めたばかりで、その年の暮れ（昭和五十一・一九七六年）に発行した「卯・2号」に参加した。そのあと転勤で大阪を離れたが、その同人誌はそのまま立ち消えたようである。

昨年（平成二十九・二〇一七年）の暮れ、定例の植物観察会とその忘年会を兼ねた集まりで松江・八雲町の熊野大社に出かけた。近隣の里山を散策の後、大社門前の「ゆうあい熊野館」で宴会、宿泊の予定だった。ただ、当日の怪しげな天気は、集合時間のころには大雪になってしまい、外での観察会はとてもの状況になっていた。やむを得ずロビーで懇談をし、早めに温泉に入浴して宴会に移ろうということになった。時間を持て余しそうなので、熊野大社門前の「ふるさと館」をひとりでのぞいてみることにした。様々な展示のなかで、隅の方で目に入ったのが細長い木製の板片、ちょうどまな板の幅を半分くらいにして、厚みを倍にしたくらい、それに丸い、径1センチ、長さ30センチくらいの棒があった。尋ねてみると、熊野大社で一番重要な神事である鑽火《きりび》祭（別称：亀太夫神事）の神器のヒキリウス・ヒキリキネの模型とのこと。毎年、出雲大社からウスとキネを受け取りに来て、持ち帰ったウスとキネで起こした火が、出雲大社では一年中用いられると。出雲大社からは大きな餅が熊野大社に奉納され、それと交換にウスとキネが下げ渡されるということだった。餅が本殿に上げられると、熊野大社社人の亀太夫が餅の出来映えにいろいろと難癖をつけて受け取りを断ろうとする。そのやりとりが公開されていて、面白おかしい応対を見学しに大勢のひとが訪れるという。曰く、餅の白さの色目が悪い、丸味がなにか歪んでいる、重さが足りないのではないか、艶々しくなく肌理が粗い、替えてもらいたいが、時間もないので今日は受けておく等々。そのヒキリウス（火きり臼）にケヤキ（欅）、ヒキリキネ（火きり杵）にウツギ（卯木）が用いられているとのこと。ウツギは里山の散策によく見る低木で、初夏に枝一杯の白い花をつけて見事な風景になる。江津市神村の水尻川上流の谷合の道、両岸にウツギが競うように咲く風景は毎年の楽しみの散策コース。材が堅く中空で、鳥かごの止まり木に使われていると聞いたことはあった。ヒキリキネにウツギが用いられていると知って、改めて往時のことが思い出された。

先述の「卯・2号」の合評会のこと。最終稿の前に金さんからは用語の過ち、疑問点に厳しい指摘が各自にあり、わたしも語句の検討や、末尾の変更、締めくくり方を考え直すということがあった。初参加で一番若いわたしの分の合評には、だれからも意見、批評が来なかった。締め切りに苦し紛れのように、初めて出したものなので、よく掲載されたと、すこし淋しく得心して黙ってみんなの話を聞いていた。締めくくりのころお酒の席になり、それまで黙って聞いておられた金さんが、各作品に短いコメントを付けていかれた。そのときのわたしのについてのコメントを今でもはっきり覚えている。こころ優しさ、風景などの美しさに感動する、そうした情緒的な感性から詩を書くひとが多く、そうした美しさへの共鳴で詩が作られていることが多い。ただ（わたしの分のような）洗練されていない、ゴツゴツとした「剛性」の感性から詩が書かれることもあっていいと思う。続けていくようにと。高校で朝鮮語を教える苦労も、いつか話しておられたことがあり、出来の良くない生徒も鼓舞する姿勢なんだなと思ったものだった。

高槻を離れて二十年近く過ぎたころに、ふと再び「詩」に取り組むことになり、成り行きで「山陰詩人」の末席を汚すことにもなった。熊野大社の餅の受け取りのように、透明性がない、重みがない、よく練れていない、丸味にも欠けている等々、自分でいちゃもんを付けながらも出稿し、ウツギの火きり杵で擦るように次の火を起こそうとして切磋することを重ねるうちに、いつか私が合評会参加者の最年長となっていた。卯の花のように若く白く咲きほこる花々を周りに見つめて、だれも読まないものをいつまで続けるのかと自問しながら、それでも　アイム　オルウェイズ　チェイシング　レインボウズ　と。

しがんで（噛んで：かみしめて・なんどもかんで）

江津市の、今は廃校になった跡市小学校では、春にこどもたちが指導を受けて山菜を採取し、父兄が天ぷらなどに料理して一緒に食べる、という催しが続けられていた。何度かお誘いを受け、一緒に食べるところに参加し、薬草などの植物の解説をするということがあった。配膳台に並べられた天ぷらには、水を入れたコップに挿された草片に名札が添えられていた。フキノトウ、タラの芽、ヨモギ、土筆などの山菜の常連に加えて、ドクダミ、イタドリ、カタバミ、スイバなどがあった。薬局の窓口では、よくドクダミ茶の質問を受けることや、ヨモギとお灸の関係、石見銀山の鉱山病の対策で薬草としてカタバミやスイバ（スカンポ）が使われていたことなどを説明した。五十年以上も前、自分自身が小学生でウサギ当番だったころ、ウサギの餌にスカンポは嫌うのでよくないと教えられたことや、皮をむいてかんで、酸っぱい味をお菓子がわりにして遊んでいたことを思い出し、そんな話もしたことがある。

四十年も前、高槻の詩の会で金時鐘さんの指導を受けていたころ、飲み会のあとで吹田の金さんのお宅に伺ったとき、奥さんの姜順喜《カンスーニ》さんが、朝鮮料理のお店を出す計画があるのよと話しておられたことがあった。大阪を離れたあとに「すかんぽ」というお店を出されたこと、詩人や文学愛好家のたまり場になっていたことを何かで目にしていて、気にはなっていたのだが、どこか臆する気がして、また田舎住まいのため大阪に出向く機会もなく、行ったことはなかった。金さんのご活躍の様子はときに新聞などで知ることもあったが、もうお会いすることもないだろうと感じていた。

あるとき、インターネットでたまたま、金さんの最後の詩の講座（平成二十七年二月二十一日：於　大阪文学学校）があったことを知り、とても残念な取り返しのつかないという気持ちにふいに襲われた。様子を知りたくて、大阪文学学校に電話したところ、以降も詩の実作講座が行われているとのこと。夏（平成二十七年）にまず行われて、明けた冬に次が予定されていると。予定を確認して、都合をつけて参加してみることにした。明けた平成二十八年の二月、それに八月、さらに平成二十九年の二月にと、都合、三回大阪に出かけた。そしてこれが本当の最後になったようである。講義の後で飲み会があり、「すかんぽ」に。これにも同道した。高槻の会のことも思い出していただき、高槻のころ購入していた金さんの詩集『新潟』、四十年前に吹田のお宅に伺ったとき、「サインしてあげるよ」と言っていただいていたと申し上げ、改めて署名をいただいた。添えて「風は海の深い　溜息から洩れる」と。

　昨年、平成三十年十月に新潟で学会があり、石見銀山薬石「無名異」の話題を発表した。その折に、新潟市内の観光施設「砂丘館」に立ち寄る機会があり、思いがけないものに出逢えた。金さんが新潟で詩の話、とりわけ詩集『新潟』のことを話すことが少し前にあり、その記録が販売されていた。『対岸―循環する風景　金時鐘の長編詩集『新潟』をめぐって』（小舟舎 刊）。求めて帰り、読むうちに「すかんぽ」でのことが思い起こされてきて、お店「すかんぽ」命名の由来を聞いてみようと思いながら、取り紛れて果たしていないことを思い出した。石見銀山の論考を整理しながら逡巡する日を過ごしていたが、どうしてもという気持ちになり、大阪谷町空堀のお店に電話してみた。自分たちは三代目になる、草の名だとは知っていたが、由来までは分からないとのこと。大阪文学学校にも電話してみた。知らないと。どこかに書き付けたはずと思い出した電話番号を、やっと探し出して、生駒のご自宅に恐る恐る電話をかけたところ、奥様が出て来られ、島根の・・・と告げると、すぐに金さんと替わられた。「よく電話くれたねえ。ちょうど今、リハビリから帰ったところなんよ。二月に倒れて救急に入院してねえ、生き延びてリハビリを続けとるんよ。ごめんなさい、送ってもらった詩集、まだ読んでない。たくさん溜まって、山になって崩れそうになっとるんよ・・・。」手短にと思い「すかんぽ」命名の由縁を訊ねた。「小野先生の『スカンポの花と・・・』という詩から名付けた、スカンポはスイバという草で、こどものころ、わたしもよくしがんでいた。日本でもこどもたちがしがんでいたよ。」話を受けて、石見銀山の鉱山病にも使われていたことを告げ、丹波の鉱山の話題がいつかあったことも思い出した。「近くに来ることがあったら、寄ってくれよ。」お礼を述べて、電話を切った後、合評会や講演で、金さんがことばを選んでかすかに苦笑いを浮かべ、しがんですっぱそうな表情になる癖があったなと思い出した。小野十三郎の詩集『異郷』（一九六六）に「スカンポの花とチョウデの花」という詩があるのが、あとで調べて分かった。

最近、大森の石見銀山世界遺産センターで、ある団体に紛れて説明を聞いていたら、坑道に薬草を炊いた蒸気を流していたという話題になった（「済生卑言」）。スカンポ（スイバ）のことを聞いたら、担当の女性が、自分もこどものときによくかじっていたけれど、銀山との関係はよく知らないというので、スイバ（生薬名：酸母）のことを少し説明した。しがんでこずっぱい後味が残った。

厄除けの香り草

毛虫か花粉にかぶれたと、慌てた様子で家内が左腕をタオルで押さえて庭から戻ってきた。庭ですこし手作業をしている際に、なにかに触れてしまったようだ。見る見るうちに赤く腫れあがり、左腕、二の腕あたりが広く被れてきていた。とりあえず手持ちのステロイド軟こうを塗ったが、間に合いそうもない。日曜で、救急にとも思ったが、何より午後に参加しなければいけない会合があり、そのことで途方に暮れていた、どうしようかと。ふと思いつき、周りで間に合う薬草を考えた。アロエ、ドクダミそれにヨモギをと。ある程度の量を採り集め、磨り潰そうとしたがうまくいかないのでミキサーにかけ、ドロドロしたのをガーゼに塗って腕に巻かせた、湿布替わりにでもなるだろうと。ところが驚いたことに、小半時もすると痒みや熱感が失せ始め、一時間も経つと赤味や腫れもすっかり治まり、昼からの会合には何もなかったように出かけて行った。もう十年以上も前のことになる。これは猟師や山仕事をするひとの「三草《みくさ》の手当て」というのを思い出し、試してみたもの。山の中で怪我をしたとき、その辺にある三種類の葉っぱを揉んで、傷口に当てるとよいという言い伝え。今回の組み合わせについては、後日、べつの機会でも良く効いた。

ヨモギを思いついたのは、当時通っていた居酒屋の最初の付け合わせに、必ずヨモギの天ぷらがあり、その香りが気に入っていたことがあった。薬草としてのヨモギ（生薬名：艾葉《がいよう》・キク科）は葉裏の綿毛がお灸のモグサ（艾）として用いられていることが薬学生時代の講義の中心であったが、古くから厄除けや火薬造りの原料とされていたことも教わった。厄除けとしては、ショウブ（花菖蒲ではなく草菖蒲）と併せて用いられたことが、万葉集や枕草子に記されている。東北地方では今も軒先に、併せて下げられるという（軒菖蒲）。足立美術館所蔵の菊池契月の「菖蒲」という美人画では、女性が右手にショウブと、目立ちにくいがヨモギを持っているのが分かる。ヨモギを用いるお灸の効用として、温熱効果だけでなく、ヨモギに含まれるポリフェノールの香りによる抗ストレス作用も考えられるという研究もあるようだ。古代から経験的に確かめられていた香りの効果が伝えられてきたものと思われる。

ヨモギは火薬の原料としても用いられていた。種子島に鉄砲が伝来して以降、戦の様相は大きく変わったが、鉄砲だけでなく、用いる火薬の入手が重要だった。煙硝（硝石：硝酸カリウム）は日本では産出できず、中国からの輸入に頼るしかなかったが、高価であり容易ではなかった。そこで全国で「古土法」という方法が展開された。この方法の由来は明らかでなく、今もあまり知られていない。硝石は水に溶けやすいので、屋根で覆った家屋で家畜の糞尿、蚕の糞とヨモギのようなシュウ酸を含む植物灰から、硝酸菌の働きで硝石ができるというもので、信長に反抗した本願寺派の僧兵の武力や、紀州根来衆の活躍を支えたのも、この方法で作られた火薬の力とされている。幕末の各地のお台場（砲台）の大砲の火薬も、この方法で量産された。戦時中、日本がひどく物資不足になったとき、ガソリンの代用に松ヤニからの松根油が使われたのと同じく、この術による火薬調達も試みられたと言われている。集団疎開先で女学生が、作業でヨモギを採集したという手記もある。

昨年（2019年）秋に三瓶自然館サヒメルで月の石を展示する催しがあった（今こそ知りたい月のなぞ展）。半世紀前の大阪万博での月の石展示を、あまりにもの行列で見逃したのが今でも心残りだと言う家内に誘われ、一緒に出掛けた。会場では月の石や宇宙服など、様々な展示があった。中でもわたしの目を引いたのは、今までの月探索の記録に併せ、進行中の新しい計画、有人の月探索計画で、NASAが中心となって日本も参画する予定のアルテミス計画というものだった。アルテミスとはギリシャ神話に登場する月の女神の名で、アポロの双子とされている。ローマ神話ではディアーナ、英語名でダイアナ。英語でヨモギ類を示す「アルテミシア（Artemisia）」、ヨモギの学名の由来とされ、潔癖の処女神アルテミスから取られた名であった。思い出したのは、サヒメルのある三瓶山での植物観察会のことだった。島根県の植物学会の泰斗であった、故杦村《すぎむら》善則先生ご指導の、西の原での会で、「珍しいものがあった。これがヒロハヤマヨモギだよ。高いところにしかない、目立たないけれどヨモギの一種なんだよ。」少し大きめの葉に切れ込みの無い植物だった。「揉んでごらん。」ヨモギ特有の強い芳香があった。ヨモギは食用、浴用に用いられるが、食べるときにはシュウ酸があるので湯通しをしなければと話が続いたように思う。三瓶山には薬草の観察、ニンジン、オウレン、ムラサキセンブリ等を見に、時折り林間や草原に踏み入るが、このヨモギのことを忘れていた。三瓶北の原の姫逃池《ひめのがいけ》はカキツバタの名所として知られているが、最近、草菖蒲が繁茂して困っているという話もある。今度、歩いてみなければと。

今回見学に訪れた日がたまたま、高齢者入館無料の日と分かり、免許証を示したとき、ある快い思いが小さく破裂した。

ぷくりとしたお腹

石見銀山の坑道に薬草を炊いた蒸気を送り込むという逸話。江戸末期（安政年間）、銀山鉱夫の粉塵による業病「けだえ（気絶え）、よろけ（蹌踉）」対策を大森代官所より依頼された備中笠岡の本草家・中村耕雲と、彼の弟子、若い医師の宮太柱が考案施工した方策。唐蓑《とうみ》というもみ殻を吹きとばす農具を送風機にして、坑内に新鮮な風を送り込むとき、四種の薬草（スイバ、カタバミ、オケラ、クスノキ）を酢水で炊いた蒸気が薬蒸管で送入された。鉱夫の作業位置まで届いた薬蒸気で粉塵が浄化、効果が認められ宮太柱らが金二十両の褒賞を受けた。宮太柱著「済生卑言」という文書が幕府により各所の鉱山に送られている。

「けだえ、よろけ」は現代の塵肺症にあたり、薬物治療で治すことは困難である。薬剤師の立場で「済生卑言」の効果の解明を試み、学会や論文で考え方を発表してきた。粉塵の抑制は酢による酸味の蒸気を十台もの送風機（唐蓑）で送り込んだ効果とし、四種の薬草の意図についても考察を加えた。その中で、クスノキは樟脳の原料であり、江戸時代には大いに外国に輸出されていた。香料、防虫剤、医薬品（膏薬用）としての用途で、銀山では外傷への対応、坑内での防虫が期されていた可能性を論じた。加えてクスノキの成分のカンファーには中枢神経刺激作用（強心、呼吸促進作用）もあることが近代に分かり、薬としての開発も進められたが、内服すると胃腸障害があるので注射のカンフル剤として日本で開発され（ビタカンファー：一九三〇・昭和五年）、逝去前の苦しい呼吸状態に用いて最後に大きく息をするのを助ける薬（蘇生薬）として用いられ、「カンフル剤」という社会性の用語にもなっている。坑内の鉱夫たちにも蒸気薬として肺に届き、肺胞からの吸収で深呼吸を促す働きがあったかも知れないと付け加えた。

クスノキは日本では古くから利用されていた記録があり、「日本書紀」には「杉と樟、舟を造るのによい」というスサノオの言葉があり、熊野地方のクスノキで造られた舟は「熊野舟」として知られ、「万葉集」にもいくつか歌が遺されている。「御食つ国志摩の海人ならし　ま熊野の小船に乗りて沖辺漕ぐ見ゆ（みけつくにしまのあまならし　まくまののをぶねにのりておきへこぐみゆ）」（大伴家持：巻六－一〇三三　雑歌）。「古事記」にもクスノキ製の快速船「枯野《からの》」のことが記されており、大阪湾沿岸では古墳時代のクスノキ製の舟が何艘も出土しているという。室町から江戸時代にかけても軍船の材に用いられていたと紹介されている。クスノキの精気漂う船内は乗員のからだの傷みを和らげる気に満ち、心気昂らせ深い呼吸を促す働きもあったと思われ、加えて防虫防黴効果もあっただろう。全国の寺社や城に今も大きなクスノキが残されているのを見かける。愛媛県大山祇神社の大クスは、樹齢三千年（紀元二千七百年より昔）と記されているそうだ。あと二十年ほどで迎える皇紀二千八百年より古いということになる。

古来、信仰の対象として大切にされた樹であるが、近年では宮崎駿監督の映画「となりのトトロ」に、父親の引っ越しで移り住んだ塚森という田舎の一軒家近くに大きなクスノキが登場する。小学4年生のサツキと4歳になるメイという姉妹が父親と暮らし始めたある日、メイが遊んでいるうちにこんもりした森に入り込み、大クスの洞に落ちたところで、洞に棲んでいたお腹の大きな毛むくじゃらのトトロに出逢う。その話を家族にすると、とても運のいいことなんだと、でもいつも会えるとは限らないと父親が教える。そして、入院している母親もきっとこの木が好きになると思い、ここに住むことにしたと父親が告げる。ある夏の日、母親の入院している病院から「レンラククコウ」と電報。留守番の姉妹は心配になり、トウモロコシを母親に届けると言って抱えて出て行ったメイが迷子になった。みんなでメイを捜し、あちこち捜しあぐねたサツキが同じ大クスの洞に落ちてトトロに出逢う。メイを捜して欲しいと頼まれたトトロは、サツキを抱いて飛び、ネコバスに乗せ、道端で泣いているメイを捜し当てる。サツキとメイが一緒にネコバスで、母親が入院している病院の窓まで飛んで行き、笑顔の母親と父親を見て安堵、トウモロコシを窓辺において帰るというストーリー。ハッピーエンドの終幕で大きく息をついた。この深呼吸もクスノキの効果か。

調べると、少し波打つクスの葉には大小の穴が開いており、ダニ室があることを知った。小さなダニ室にはフシダニというクスノキに有害な虫こぶを作るダニが生息し、一方、そのフシダニを捕食するコウズケカブリダニというダニが共に生息することでクスノキの病変を防いでいると。そのコウズケカブリダニという小さな虫の画像が紹介されており、お腹がぷくりと膨れた姿が、森の護り主のトトロのお腹を連想させた。

山道の散歩で、あるいは街路樹としてクスノキに出逢うとき、葉をちぎり取って掌で揉み、香りを試すことにしている。樟脳の誘う深い呼吸に励まされて、先に進むというのを散歩の愉しみにしている。

初出一覧

余白に	山陰詩人　２１６号（２０２０・３）
遥かに	山陰詩人　２０８号（２０１７・７）
とどこおる	山陰詩人　２０９号（２０１７・11）
何方道	山陰詩人　２１１号（２０１８・７）
トゥワイライト　バウンシング	島根年刊詩集　第48集（２０２０・３）
イッ　クドゥ　ハプン　トゥ　ユウ	島根年刊詩集　第46集（２０１８・３）
ア　リトゥル　ブルゥバアド　イン　ヴェイン	島根年刊詩集　第47集（２０１９・３）
ＦＢコメント	山陰詩人　２１３号（２０１９・３）
蹉躓吾独語	山陰詩人　２１７号（２０２０・７）
要愛護	山陰詩人　２１９号（２０２１・３）
忘れた歌なら	島根文芸　第53号（２０２０・12）
喘ぎ	山陰詩人　２１０号（２０１８・３）
河口で	山陰詩人　２１４号（２０１９・７）
アンド　アイ　ウォズ　オン　ザ　ショア	島根年刊詩集　第48集（２０２０・３）
閉眼	島根年刊詩集　第49集（２０２１・３）

チェイス　マイ　ブルーズ　アウェイ　　島根年刊詩集　第46集（２０１８・３）
石打ち　　山陰詩人　２１２号（２０１８・11）
イフ　ユウ　ジャスト　スマイル　　山陰詩人　２１５号（２０１９・11）
ウェイキン　スリーピン　ラーフィン　ウィーピン　　山陰詩人　２１６号（２０２０・３）
ロング　フォー　イエスタデイ　　島根年刊詩集　第47集（２０１９・３）
吾夢哀走　　山陰詩人　２１８号（２０２０・11）

五十年先　　山陰詩人　２１１号（２０１８・７）

酪草苑だより
薬草閑話⑪：掻き分けて　　山陰詩人　２０８号（２０１７・７）
薬草閑話⑫：カンパ　　山陰詩人　２１０号（２０１８・３）
薬草閑話⑬：オカラはウノハナ　　山陰詩人　２１２号（２０１８・11）
薬草閑話⑭：しがんで　　山陰詩人　２１４号（２０１９・７）
薬草閑話⑮：厄除けの香り草　　山陰詩人　２１６号（２０２０・３）
薬草閑話⑯：ぷくりとしたお腹　　山陰詩人　２１８号（２０２０・11）

有原一三五（ありはら　いさお）

1949年3月 鳥取県米子市生まれ
2021年3月 島根県江津市在住

詩　集 『酊念祈念』（2009年7月）
『酊念祈念　Ⅱ』（2013年7月）
『酊念祈念　Ⅲ』（2017年6月）

所　属 山陰詩人

有原一三五詩集　酊念祈念 Ⅳ

2021年5月10日　第1刷発行

著　　者 有原一三五
発 行 人 左子真由美
発 行 所 ㈱ 竹林館
〒530-0044　大阪市北区東天満2-9-4　千代田ビル東館7階FG
Tel　06-4801-6111　Fax　06-4801-6112
郵便振替　00980-9-44593　URL http://www.chikurinkan.co.jp
印刷・製本 モリモト印刷株式会社
〒162-0813　東京都新宿区東五軒町3-19

ISBN978-4-86000-446-0　C0092